耽溺

朵朵／著

天津出版传媒集团
百花文艺出版社

图书在版编目（CIP）数据

耽溺 / 朵朵著 . -- 天津 : 百花文艺出版社,
2021.2（2023.8 重印）
ISBN 978-7-5306-7961-6

Ⅰ . ①耽… Ⅱ . ①朵… Ⅲ . ①诗集 – 中国 – 当代
Ⅳ . ① I227

中国版本图书馆 CIP 数据核字(2020)第 212622 号

耽溺

DANNI

朵朵 著

出 版 人：薛印胜
特约策划：王美元
责任编辑：徐丽梅
装帧设计：WONDERLAND Book design 仙境 QQ:344581934
出版发行：百花文艺出版社
地址：天津市和平区西康路 35 号　　邮编：300051
电话传真：+86-22-23332651（发行部）
+86-22-23332656（总编室）
+86-22-23332478（邮购部）
网址：http://www.baihuawenyi.com
印刷：三河市兴国印务有限公司
开本：880×1230 毫米　1/32
字数：52 千字
印张：6
版次：2021 年 2 月第 1 版
印次：2023 年 8 月第 2 次印刷
定价：42.00 元

如有印装质量问题，请与三河市兴国印务有限公司联系调换
地址：河北省廊坊市三河市北外环路南密三路东
电话：18630658620　邮编：065200

举起诗来，不向时间投降！

时间并不以时间的样子展开，它会装扮成门槛、街道、工作与仪式，以及其他。

我们每天进进出出就落入它的全部圈套，触觉麻木，视力开始不好，看不见许多东西，生命最终变成其他，无法捡拾与珍藏。

当然，为了果腹，我们会变成专业人士，这是一个很专业的借口，对灵魂躁动的朵朵来说这是不能忍受的。

她从事金融工作，会计专业毕业。那，人生与专业有关系吗？

有的。可别只剩下专业而活在专业分工的格子里，离开格子就不知道还有其他。朵朵自觉到了这一层就不安生了，开始发光。

这种本体焦虑像一场相思病，是切肤的。

诗歌以闪电的速度和 TNT（炸药）的烈度，可以粉碎现代社会职场对人的磨损，让人每天都可以满血复活，可以能量重置。

朵朵写诗，像饥饿感一样真切、像生命在排毒，心灵在吸氧。

“当我沉浸于写诗时，如同置身于整个银河中，那些闪亮的词句，如环绕四周的星星，唾手可得，令我狂喜。”

这是在创造生命奇迹。

在微信里，有了一个“悦读”诗歌的地方，在疲惫的黄昏，会有诗歌冲破迷雾抵达她该抵达的读者，我就是其中一位。

熬着夜写诗，清晨挤着地铁时脑子往外蹦诗，加完班一片荒芜，靠那片未羽化成形的诗歌扶起自己，一边蜕壳一边回家。

这样倔强地写诗就有些耽溺了。

诗还是安静的、听话的，并不干扰她的专业，反而让她没有被重复的节奏固化，进而滋养了她的专业。原来，写诗的神奇，就在这里和那里。

对美的放弃、对生的敏锐放弃、对心游八方的放弃就意味着投降。从一朵花的颜色开始，到彩霞、悲悯心……最终，必然向时间投降。

而写诗是不会向时间投降的。

读诗也一样！

向　庸

作家、独立电影人

目　录

举起诗来，不向时间投降！ _001

牧风者 _001
潘多拉的盒子 _004
这个春天 _005
我可爱的工作 _007
不如我们来跳舞吧 _009
治愈 _011
不会哭的孩子 _012
挣脱 _014
立春 _016
白领 _017
皮囊 _019
春天读诗 _021
三十三岁的你 _023
一夜初雪 _025

七年，当爱情走过 _027
耽溺 _029
忙碌 _030
一条河流的性格 _032
坐地铁上班的女人 _034
北京的冬夜 _036
城记 _038
你的名字 _041
江南的风流女子 _043
一位减肥者的感悟 _045
渡河——午休散步聊退休 _047
幸福超市 _049
这一天，我好像过了一生 _051
河 _053
一辆灵车穿城而过 _057
雨季 _059
时间记忆 _060
玉女与大王——武夷山水传说 _061
燃烧 _064
一粒米 _066
蓝 _068
沉默的时刻 _070
年前的最后一周 _071
春阳 _072
遇见杜甫 _074

我们总是谈起你 _077
春天的化妆盒 _079
听春风 _080
你 _081
读郑愁予的诗 _084
我谢你 _085
提灯人 _087
一个坚硬的女人来到我们身边 _089
我诅咒 _090
微小痛苦 _092
飞奔在太空 _093
听 _095
中毒 _097
证明 _099
唯有溯江而上 _101
严阵以待 _103
浪费 _105
今晨，你从谁的梦中醒来 _107
我关心 _109
问题 _111
七夕之想 _115
望西山 _117
中年人 _118
没有窗帘的房间 _120
小孩子 _121

灭顶之灾 _124
人呀，人！ _127
通往你的路 _129
洞穴幻想曲 _132
开会 _135
母女关系 _137
地下城 _138
少年初心 _140
大城市 _142
杀人现场 _144
迷途 _145
蒲公英 _146
母亲，母亲 _148
我累了，让我歇歇 _150
我，何时？何处？ _156
重遇 _157
换乘大厅 _158
拿走 _160
乐高 _162
打薄 _163
肾血管平滑肌脂肪瘤 _164
二〇二〇的断章 _165
生活片断之一 _167
对弈 _168
不花钱的爱 _169

神 _171
累的时候 _172
工作的日子 _174
北京的夜 _176
一缕杨絮 _177
怪兽与小孩儿 _178
我想，我的钥匙丢了 _179
暗涌 _180

后　记 _181

牧风者

牧风者放下手里的皮鞭
头枕着双臂，背靠着燕山

他的风群在平原上
饱饮、追逐、嘶吼

他站起身，望向南方
挥动手臂，扬起鞭子
向城市发动进攻

在风群的簇拥下
牧风者威严如君王
夹道欢迎的行道树
吓得瑟瑟发抖
然而水泥墙面，无动于衷
高楼越来越多
风群们抬头仰望

光滑的玻璃无处攀缘
失去底气的他们
蹑手蹑脚走过街道
队伍越来越细，越来越长

牧风者一声令下
风群就地解散
滚入巨大的喧嚣
花天酒地、恣意狂欢
他们摇撼栅栏
他们拍打窗户
调戏行人的头发
挑逗姑娘的裙角

凌晨三点
牧风者准时吹响集结号
风群们从女人的鼻息中
从男人的喉咙里
带着偷来的老人的呼吸
悄悄溜出来
排着队一路向西，整齐地离开

翌日，当人们推开窗
看见远方的山更亮了

那是牧风者的杰作
他领着风群又把西山
洗刷了一遍

潘多拉的盒子

是谁的手掌抚过一只
黑盒子
是谁的嘴角用轻蔑打了一把
白钥匙
是谁轻轻转动钥匙
灾难一跃而起
追捕我们，无处躲避
情急下，我们跳进盒子
咔嗒一声
是谁按下锁扣，十分满意
“看，这原就是为你们准备的呀”

这个春天

生与死的门一开一合
魂魄在呼吸管里穿梭
总要找到一条归路
一扇洞开的门，收留你我
数算过输液瓶的药液
也没有多过亲人的泪滴
一条直线划过监护仪
所有恐惧、不安、忧伤
被一笔勾销
原来，通往那边的路
平坦又宽阔

摘掉的口罩飞往一棵
含苞的树
明天，第一朵白玉兰将盛开
樱花铺满珞珈山
所有苍白的脸都有了色彩

一只鸽子飞向天空
在江上徘徊

花事热闹，我们在树下留影
活着，没有比这更好

我可爱的工作

我站在流水线旁
白色的圆形机器里
它们快速旋转
顺着手臂传送带
排队到达指尖
嗒嗒，嗒嗒嗒
合格的产品下线了：
重要指示、坚决贯彻、层层压实、强化、狠抓、
务必、绝不……
它们外观方正
有金属的冷漠质感
有石头的坚硬内核
嗒嗒，嗒嗒嗒
也有不合格的东西冒出：
夜色徜徉、醒着做梦、凭窗怀想、秋日、月光、
樱花、悲伤……
它们形状不一

有狐仙的魅惑外表
有白纸脆弱的内心
嗒嗒，嗒嗒嗒
我是文字加工厂的工人
我是流水线的优秀标兵
把合格的产品装箱打包
把不合格的东西统统丢掉

下班的时候，当工友们离开
而我悄悄走进垃圾场，把次品打捞
藏进上衣，靠近心脏的地方
越过门卫尖锐的目光
把它们，偷偷带回家

不如我们来跳舞吧

不如我们来跳舞吧
请你站直，准备好
在扫描仪前亮出你的心

配合键盘敲击的嗒嗒声
让转椅转得更疯狂些
还有夺命的电话你别接
让它一直响下去
好做我们永恒的舞曲

不如我们来跳舞吧
把时间的线头
扔还给你的老板
强迫他一点点拼接
编织一条好看的舞毯

在溺水的创意中打捞金色亮片
抽出周五做流苏的彩色丝线
灵魂出窍的时刻用星星装点
给昏昏欲睡的会议打个结
给流言蜚语锁道边

不如我们来跳舞吧
扯下会议蒙面的白布
叫醒那些装睡的人
让他们统统加入

挺直你弯曲的脊柱
撑开你蘑菇的小伞
打开恋爱眩晕的灯
戴上春风编织的面罩
踩着舞点快乐尖叫

不如我们来跳舞吧！

治愈

空旷填满后背
积雪没过昨天
跋山涉水的心，不能返回
门锁上，钥匙丢在风中
当书叶抚过手指
而词语读懂眼睛
我也能被爱上，如你一样

不会哭的孩子

父亲的菜刀在空中挥舞
像精神病人的眼睛
暴突的青筋
爬满黝黑的脸
一条条裸露的河
无法抑制的情绪
在河中，急速流淌

下一秒，就
水漫金山
下一秒，就
刀光剑影
一只女式拖鞋，飞来
引燃
一个暴君
…………

老张家的人，不善交流
肢体却丰富
老张家的人，狂风暴雨
谁也听不到谁的呜咽

而那个倔强的孩子
那个不会哭的孩子
躲在阁楼
沉默
沉默，如铜墙铁壁

多年后，她把沉默穿在身上
行走
行走在喧嚣的大地
她爱听，贝多芬的
《命运交响曲》

挣脱

你说，江南的荷花最美
可是你指的那朵
已被一夜暴雨捏碎
有多少花儿盛开
就有多少花儿死去
我荡舟湖中
没入荷叶翻滚的绿海
细细分拣喜悦与悲哀

你说，盛唐的女子最美
裙裾飞扬，舞步疾旋的贞观美人
转瞬便是战马乱蹄下的亡魂
始即是终
终亦是始
我摊开史书
用一支细笔
拙劣地缝制历史的兴衰更替

你说，有梦的人最美
可是，我们
已被“活着”的绳锁捆缚于大地
自降生即开启一段赴死之旅
或早或晚
或喜或悲

可是呀，我知道
总有一种力量想挣脱
想决绝斩断绳索
想荷花映日连天
想舞步永不停歇
想飞，想爱，想永恒

立春

沉睡一个冬日
你悄悄醒来
飞进我的空间
轻轻点赞

今日立春
冰河消融
她摘了眼镜
她开始恋爱

白领

很快，你就喜欢他们了。

把你的人生丢进打印机
吐出三百六十五个日夜
扫描仪严肃认真的追光下
你无处逃逸
时间，掠过你
顺着眼角的小纹往上爬
悄悄吹灭你眼中的火炬
把你捏成一只座钟
摆在洁白的桌案上

因为，你曾害怕
害怕在荒野流浪
害怕初升的太阳
照进你内心的空虚
害怕高山
耸立在眼前

让你自感渺小
害怕流水冲走你的思想
于是，你把自己关进盒子
固定或移动
从一个盒子到另一个盒子

清晨六点
你揪着时间的耳朵
“嘿，朋友，起床了”
一把塑料转椅
在办公室
正等着你，等着你
海枯石烂、地老天荒

冬天，万物赤裸
你，却裹紧大衣

皮囊

皮包拽着你的手
晃荡着
她想去远方
帽子使劲按压
要你
低头认错
房子说：我很孤独
请别离开我
于是你留了下来
戒指、耳坠、项链
在偶遇中
相互致意
七厘米的高跟
叮叮叮
妄图在这个城市
凿下痕迹
衬衫小心翼翼将你包好

献给一条裙子：

“亲爱的，这是上天的礼物。”

于是他们手挽着手

得意地散步

春天读诗

那时，我们饮下一首诗
你的脸泛红，微微有些醉
杨絮悄悄落在你的肩头
犹如我轻轻地叹息
好美
慵懒的猫儿，低低叫唤
在隐秘的丛中翻滚
你背靠着青砖红瓦
据说有一百岁
别担心，你喁喁情话不会被偷听
他耳背

花开花落
春去春回
杨树依然飘絮
猫儿还在流浪
我，依然读诗

在春天
你，却不再回

三十三岁的你

你挂念的，总在那头
200 公里是横亘在眼前的河
乡音的味道在那头
母亲的眼泪在那头
娃娃的欢笑在那头
幸福在那头
你怀揣着一张薄薄的照片
与影子为伍

你说，只要早一点儿
早起一点儿，赶上早班的列车
你就能离幸福近一点儿
于是你化作一滴水
同 930 万滴一同汇入地下
汹涌澎湃的暗河
有时，你又觉得自己不是水
是那洞穴里狂奔而过野兽的呕吐物

一文不值的卑微

当你踩着嘀嘀的铃声
跨过不足半米的小河
幸福却向你关闭了门
在你单薄的人生只留下六个点的省略符
没有下文

我还在迷雾中游荡
明年我也三十三了

一夜初雪

她，披着一袭夜的长袍，
从远方悄然而至。
那夜衣上缀满璀璨的星星，
那脖项上围着明亮的银河。
她星夜兼程，
自远方的远方而来。
只为在你的窗前，
脱下这袭华丽的夜衣。
她挥动着白翅膀，
轻轻拍着大地，
把小声的吟唱送进你的小床。
那美妙的歌声，
悄悄拉紧你双眸的幕帘，
给柔软的灵魂盖上被子。

清晨，当她拍打着翅膀飞走，
渐渐隐匿于天际。

那抖落的羽毛，
轻轻覆盖着大地。
你睁开双眼，
嘴角溢出笑：
“妈妈，我做了一个梦。”

梦里，千树花开，
窗外，白雪皑皑。

七年，当爱情走过

爱情站在一旁
呵呵地笑
它笑两个痴痴的人
分食一碗热腾腾的砂锅
在北京 12 月的冬日
他们把彼此看成丸子
想把对方吃进肚子

爱情站在一旁
幽幽地哭
它哭两个默默的人
刀叉碰撞着瓷盘
在北京 12 月的冬日
他们用咀嚼刻度时间
眼神飞过对方的肩

七年，当爱情走过

遗落的红唇
静静地躺着
冰凉的草莓
贱价出售

耽溺

我耽溺于黑夜中她歌声明亮，
像一淙清泉涌出琐碎的生活。
我耽溺于她肥肥的手指穿过我的发，
低低的声音伴着痒痒的空气吹进耳：
“妈妈，我要告诉你一个秘密……”
我耽溺于镜中那小小的身影，
轻轻地说：
“妈妈，你真美。”
“为什么这么说呢，孩子？”
“因为你是我妈妈。”

我耽溺于一场形影不离的恋爱，
与一位扎小辫儿的四岁半女孩。

忙碌

键盘愤怒敲击
字符追打字符
打印机疯狂呕吐
像酒后吐真言的你
事件如电话线缠绕
铃声粗鲁，没礼貌
你的大脑，杂草丛生
将思想湮没
忙碌，是傻子放弃思考的借口
是疯子病情加重的理由
忙碌，是你被时间挤到角落
空气稀薄
忙碌，是一种病
一想到，就这样
一天天走向死亡
我就吓得赶紧忙碌起来
忙碌，是你和死亡捉迷藏

你用黑布遮住眼
就让它们看不见
忙碌，是把自我丢弃
被人点着火
烧成灰烬
忙碌，是贪心的贼
把时间打包带走
此刻，趁他打盹儿
我打开包袱
偷回一点儿
写首小诗

一条河流的性格

一条河流的性格是沉默
沉默是世界上最动听的声音
沉默是扩音器
放大一切细微美妙
比如，风掠过
一棵枯树吹起了口哨
比如，一片落叶
骑在河流的背上
哼着小调，晒太阳
比如，粼粼的波光，时隐时现
亮闪闪地打着节拍

一条河流的性格是沉默
沉默是世界上最美好的空白
沉默是消声器
消除一切繁杂喧嚣
沉入水底，安静地死去

比如，人事、纷争，脱去外衣，下河洗澡
起来时，只见一片秋阳
比如，舀一勺水，盛在玻璃心里
只需片刻，一片澄明
…………

我，是一条河
我的性格是沉默

坐地铁上班的女人

地下 100 尺的洞穴
他疯狂地来回穿梭
用速度编制一张密密的网
挥手将一只南方的鸟
困在中央

每一个太阳升起的时刻
她将野心打包，把欲望背在身上
将翅膀作为信物交给他

每一个月亮升起的时刻
他载着一车的疲惫归来
把一件打湿的衣服归还

在透着金色光芒的窗前
她用一整夜的温暖去晾晒

忘记飞翔的鸟儿

枕着自己的翅膀进入梦乡

北京的冬夜

清晨五点
你如期而至
唤醒我
从一个深沉的梦里

那晚
我们把童年、初恋
一切过往，统统
煮进锅里
火锅腾腾的热气
蒸红了你的面颊
你灭火、起身，牵着我
没入北京的冬夜

北京的胡同
幽森的河道
我们绵长的情绪

无声流淌

这水是甜的
亦是苦的
是刺激的
亦是平淡的
是难以下咽的
也是美如甘泉的

我点燃你的心
你亦如此
两盏灯，牵引着我们
游走在，北京的冬夜
而灯，被我们欺骗
原来，你从不想走出
这谜局
我亦如此

我缩进你黑色的大衣
犹如我没入北京的冬夜
枝头站立的两片树叶
被阵风抖落
不期而遇

城记

难道这就是我的命运
一头跌进城市的深井？

视线在平原上奔跑
脚步追赶不上
四处立起山丘
马儿困在中央

山丘向上生长
已经长了三十年
一个秘密的深夜
我偷偷潜入他的身体

我和我的同伴
每人驮着一片树叶
在二环路上鱼贯而行
在地下筑巢

织出细密的网
把自己困住
顺便捕捞迷途的小鱼

CBD[①]的一把把尖刀
插进太阳的心脏
鲜血汩汩
在玻璃外墙上流淌

有一次，我们驻足，惊呼：
“快看，雄鹰！”
“喔，不，风筝。”

难道这就是我的命运
一头跌进城市的深井？

我举起刀
把时间切成碎片
365片
片片都是我晕染的泪滴

夜晚亮起灯

① 中央商务区。

白昼里黑暗躲进内心
万年青的叶子遮蔽四季的更替
大棚蔬菜把冬天藏起

我不知道她活了多久
岁月印刻的痕迹被激光抹平
时间，在爱因斯坦的虫洞
变形扭曲

绽放的是裙子
不是花朵
熟悉的是手机
不是人心

难道这就是我的命运
一头跌进城市的深井？

你的名字

这城市的一切名字
就像整齐规矩的士兵
列队走过
它们化身楼与楼的门牌号
店与店的招牌名
还有人与人的呼唤声
列队走过

我掠过它们
掠过逝去的风景
却发现，唯有你的名字掉了队

在一场爱恨交织的战争中
它被灼烧了千百次
被诅咒过上万回
我匆匆把它掩埋
在我灵魂的角落

再用半碗眼泪
祭奠亡魂

我悄悄隐藏在列队而过的名字中离开
它却企图在一次陌生的呼喊中唤回
我多想，多想回眸
然而，我径直向前
头也不回

江南的风流女子

我想，江南
一定是个自恋的，风流女子
否则，她怎会为每一畦田，斟满水
四处摆放自己的镜子

她不确定
明天，从何处醒来？
只能派那些亭亭的仕女
守候在镜边
而她，轻轻披上夜的薄纱
转身，离开

明天
哪一棵树，在风中摇摆
哪一面镜，流光溢彩
明天
江南，就从哪里醒来

注：出差从北京乘高铁一路向南。站在车厢的连接处，望着窗外发呆。火车箭一般穿过华北平原，射入江南腹地，风物景色画风突变。北方干涸的田间地头变成了江南一畦畦反光的水田。亭亭绿树伫立旁边，低头映照，在风中摇摆。夜色渐暗，水雾轻腾。这江南田园就像一位披上薄纱的女子，渐渐隐入夜色中。美极了。遂写下这些文字。

一位减肥者的感悟

一杯明亮的橙汁
适合作为开场白
一整个牛油果比萨
填满每一寸空虚
还有一大块黑森林蛋糕
正好作为悲苦的结局

一位减肥者
企图用美食背叛自己
她弄不懂
明明不过是一堆能量与脂肪
为什么却万化成这些
动人的姿态
香浓的气息
刺激着味蕾

多像是那个叫作“爱情”的鬼东西

总是用一个亲吻
一次牵手
和，无数回惊心动魄的拥抱
来，伪装自己

一位减肥者看清了本质
一个爱情免疫者亦如是

渡河

——午休散步聊退休

浓阴铺垫小径
步伐细碎似落花
鸟儿衔枝归来
立在树头，偷听：
“我背着一张床浪迹天涯”
“我在幽僻处诵佛拈花”
“我拎着丢失的我，还给故乡”

五百米的小径
不够铺展梦想
那退休后的白日梦
因牢狱的喇叭响起：
“放风，还有五分六秒”

我合上书

闭上眼
在梦里，渡河

幸福超市

有一天，我和你，
手牵手，走进一家，
名叫“幸福”的超市。
商品琳琅满目，
据说，这就是，
幸福的等价物。

我看见，那些
与我们一样，
企图寻找“幸福”的人，
如猎犬，如秃鹫，
扑向廉价的货物，
争前恐后。
爸爸丢下妈妈，
妈妈丢下孩子，
人们急于，用“幸福”填满，
空虚的购物车。

然而，第二天，第三天……
篮子终会变空，
那时他们还会涌进幸福超市，
如猎犬、如秃鹫。

你吓坏了，
紧紧抓住我的手：
“妈妈，我们走吧。”
于是，我和你，
手牵手，
逃离幸福超市，
筐里空空如也。

关于“幸福”的故事，
还有多少人在传颂。
在这个名叫“幸福超市”的世界，
我牵你的手，默默离开。
那个关于“幸福”的真相，我只告诉你：
我不愿意，以“幸福”的名义，
丢了你。

这一天，我好像过了一生

在上地喧嚣的地铁口
被列车吐了一地的人群
忍受着 36℃的炙烤
然后上帝，吹来了冷冷的凉气：
“他走了，请为他写一篇悼文”
“可是，我要去参加一个孩子的满月”
“请你，一定，为他写写”
一小时后
朋友们围坐而谈
他们谈怀孕、妊高症和控血糖
焦虑的等待，十月的辛酸
他们谈出生，刚满月的小婴儿
喝够奶，满足地沉睡
他们谈病痛，半月板与交叉韧带
一次手术，后期康复
…………
而我，在键盘上敲打完他的一生

我整整衣服，微笑着，跳进生活
汇入他们
没人知道
一个肉体正从世界消失
一个名字也将从意识中坠落
这一天，我好像过了一生

河

你是大地的伤痕
新鲜的血液自远古流淌
妖娆、妩媚
恣意、汪洋

我们空留下洞穴吃惊的嘴巴
劈开灌木
用血红的脚印
铺就一条到达你的圣路

鹰飞长空
鱼翔浅底
我们决定留下
比邻而居
就像月光伴着女人
女人伴着孩子
孩子伴着你

是的，孩子
我们诞下他们
用一个个新鲜的婴儿
玩起历史的接龙游戏
将有限连成无限
将当下续成永远
只为陪伴的日子更长一些

我们之中
那最美丽的女子
把雕花的陶罐
高举在头顶
那夭夭的背影
像极了你

我们之中
那最勇敢的男子
用勃勃的野心
和炽烈的欲望
去冲毁陈旧的过往
就像你去冲刷倔强的土地

我们之中

那最智慧的老人
从你的沉静深刻
获得启迪
像一口深潭
浓稠的墨绿

有时，你过于沉默
孩子们喜欢来打搅你
在一片浅滩，种下欢语

其实我知道
你是害怕寂寞的
幽幽的夜里
你无尽的诉说
向苍天
向明月
向岸边的野草
向草间的虫鸣

多年后
我披着一袭夜衣
走过许多许多路
来看你，你的子孙，子孙的子孙

他自远古而来

捎来了你的消息

注：湘江，在城东，也叫穆家川。《四裔传》中“迁遵义军于穆家川”是也。源出龙岩山麓，南与桃溪水合，迂回五百里入乌江。——（清）郑珍《遵义府志》

一辆灵车穿城而过

他从不挑食时间
生死亦如此

每天清晨
他起床熬粥
用日之灼灼烈焰
熬一锅滚烫的粥
把我们扔进城市这口铁锅
粥好了，供饥饿的我们分食
可我吃的，不过是自己

早上 7 点
行人、汽车从我身体穿过
还有树和房子，穿过心、不驻足
我是个鬼影
脚步和眼窝一样空

一辆灵车穿城而过
我身随人流汇入地铁
我心随灵车穿城而过
嘤嘤的哭声美妙如弦歌

雨季

听说，雨季要来了
薏米、红豆，煎水
喝一碗汤吧，排湿
于是，我眼窝盛满水
害怕洒落、小心翼翼

你看，云
背着十箱眼泪
缓缓而来
当云想哭的时候
我，不应该加重她的伤悲

时间记忆

那台时间牌碎纸机
一口吞下我的生命
缓缓吐出一片片日子
我，曾是个爱画画的孩子
爱给每片日子涂色
灰，灰，灰，蓝
红，红，红，绿
…………

多年后
我在一盏罹患白内障的灯下
努力拼接碎片
然后，轻轻盖在
生命饱经沧桑的脸上

玉女与大王

——武夷山水传说

轻轻地
你着云履踏歌而来
碧空中留下白柔的足迹
你停下脚步
仰望那远去的天宫楼宇
长发如瀑，从瘦削的脊背
飞流千里

他，睁开双眼
那隐藏在密林的古潭
幽绿而深情
悄悄地
将一切尽收眼底

骑白马跨越千山

乘凤凰飞临万水
只为那千载难逢的一遇
可惜，没人告诉你
有情人终不成眷属
这，才是颠扑不破的真理

于是，你愤恨铰断青丝
化作溪流九曲柔肠
只有他知道
那漫山的溪水是你一夜白发
只有你知道
那鼓鼓的黑岩
是他愤愤不平鼓胀的胸膛
任你柔情如千弦万弦淌过
高山流水，只为奏一曲
爱的挽歌

把爱情剪碎了，随风飘散吧
那春雨霏霏的时节
采茶女子手中
每一片忐忑卷曲的爱情
正等待着在一泡滚烫的水里
复活

每天晚上，男男女女
在你们脚下膜拜
用高科技的灯光
用现代化的手段
当繁华散尽，观众离场
我知道，他将手指夜幕
为你表演星辰变换的魔术
是的，只为你

纵然你们
仍要无言对望千古
这无数个日日夜夜的沉默
也足够编织一个美丽的神话：
玉女峰与大王峰
武夷山水的传说

注：武夷山产岩茶，以大红袍最有名。此地碧天白云、山高水绿，溪水蜿蜒，千瀑纵横，宛如人间仙境。相传古代有一名叫大王的男子，疏河治水、开山种茶。一日，天宫玉女云游路过，与大王偷偷相爱，下凡隐居。玉皇大帝便派铁板鬼下界捉拿玉女归天。玉女宁死不回，铁板鬼便施展妖术，把大王与玉女点化成峰，分隔在九曲溪两岸，永世不得相会。如今，在双峰脚下，九曲溪畔，每晚都在上演山水实景的《印象大红袍》。

燃烧

活着，就是燃烧

你亲手点燃自己
荒野中的一堆柴火
寂寞地燃烧

分一堆火给孩子吧
她张开双手
贪恋你的怀抱温柔

分一堆火给老人吧
他们精神松懈
同样松懈的肉体，怕冷

再分一堆，照亮那只
装满臭袜子的衣橱
照亮黑夜中那双不安分的手

再分……

还有最后那团火
留着吧，留着
总有一天，你会放它出来
烧掉出身
烧掉房本
烧掉户口
烧掉结婚证与借款合同
烧掉与这个世界的一切瓜葛

只剩下一粒种子
把它埋在土里
静静地等着它
长成一棵树
一座观音
枝叶的千手肆意蔓延
摸索着空间的各种可能
笔直的树干被时间推着
朝着头顶的星空
向前，努力向前！

一粒米

一粒米
独自，躺在桌脚
总有，一位
勤劳的人
发现这只，漏网之鱼
将它，扫进桶里

一粒米
当它成熟
却又一个人时
往往被，叫作饭黏子
总有，一位
不厌其烦的母亲
从孩子的嘴角
把它抹下

然后……

就没有然后啦
我想
它随风飘散
它没入尘土

为什么
当米，只有一粒时
它就不是米
是垃圾，是尘埃
却只有，在混入同类
在拥挤的人群中，泯然众人时
它才是你所看重的
甜的饭、香的米

蓝

你说
撷一块蓝
裁一方手帕
轻轻遮在脸上
有白云流过的芳香

那一年，你打碎了整片海
用晶莹的蓝
为我装饰这城市的灰暗
在孤独的高楼间
嵌入一块蓝
好让我抬头仰望的瞬间
想起曾经的海枯石烂

那时，你用整片海
打磨一颗心
佩戴在我的胸前

让我在低头徘徊的时刻
总想起你深邃如蓝的情感

如今，我安静地坐在窗前
与一杯忧伤的茶为伴
仔细聆听风的脚步
等待着，等待着它
来擦拭那头顶的蓝
等待着它，来吹散心中的霾

沉默的时刻

两杯咖啡沉默相对
两团热气纠缠不累
一串念珠从指间
走过，一百零八回
长安街，一条
情绪易泛滥的河
四十年前的悲情
注满它的干涸
涨溢的水卷走岸边的你我
空留浮华倩影，
管他一世繁荣，
两条鱼，在河底，悠游
这沉默，亦自由

注：世界上最美的事，是由各种形式的沉默组成的。

年前的最后一周

城空了
还有人往外走
行李箱的四个轮子
吻过每一寸土地
似乎在作最后的告别
地铁里翻看手机的人
故作镇静
滑滑的声音碾过他的心
他想，这声音很快会与铁轨的咣当接驳
会被疾驰而过的高铁卷走
会在飞机的音障前哑然失色……

一些人走了
一些人还会来
一些人，误把他乡认故乡

春阳

她款款而来
双手捧着世界
小心翼翼
用掌心的温度焐热
蛰伏一个冬季的万物

她款款而来
为孩子的脸颊
轻轻涂抹面霜
领受恩泽的我们
在田野、在湖泊、在高山
快乐吟唱

野鸭奋飞
投入她的怀抱
空留一汪水暖春江

她的目光
穿过白鸽的翅膀
一片闪亮

今天，谁也不是谁的主人
谁也不是谁的宠物
我们，被舞台的追光灯照耀

她来了，微笑着
如同我把一勺橙子酱
抹在白面包上
好像孩子把一盒水彩
泼在薄薄的纸上

遇见杜甫

一个人
一生中
一定能遇见杜甫
至少一次

为此，我等了三十五年
当尘埃遮蔽双眼
白发若隐若现
一颗心因不平而肿胀
他来了
佝偻着背，鬓发苍苍
他卸下包袱：
“来，看看，你想要点什么？”

我说，我想要自由
他拎出一件瘦弱的衣服，喃喃自语：
“被驱无异犬与鸡。”

我说，我想要富有
他取出一只破碗，轻轻叹了口气：
“残杯与冷炙，到处潜悲辛。”

我说，那么才华呢？
他在包袱里翻找着，破毯、茅草、旧衣……
一一拿出来，抖落一片黄叶
“这也曾是绿的，此意竟萧条，此意竟萧条啊！”

那么，雄心呢？壮志呢？
他苦笑。几粒黄牙，好像随时会被风吹落
“我曾有个朋友，叫李白。大概你应该问问他。”

他拾起那堆破东西
塞进包袱
耷拉在背上
佝偻着
远去

忽然，他停下脚步
回头，对我说：
“对不起，我的包里装不下一个盛唐。”

我看见一个跛脚的老头儿远去
口中念念有词：
有客有客字子美，白头乱发垂过耳。
岁拾橡栗随狙公，天寒日暮山谷里。
中原无书归不得，手脚冻皴皮肉死。
呜呼一歌兮歌已哀，悲风为我从天来。

我们总是谈起你

我们总是谈起你

当你停在我的发尖，挥动翅膀
当你从树上轻轻坠落，亲吻我的面庞
当你从窗前飘过，捕获我的眼睛
当你无所不在，又无所在
我们，已经开始谈起你

我们总是谈起你
谈起你与我们有相似的优点与“恶习”
谈起你枕着手臂
身体蜷成与我相同的弯曲
谈起你认真写字的样子
侧颜像极一只涨出汁液的雪梨
谈起你长长的睫毛
时刻清扫我内心的尘粒

我们总是谈起你
在华丽的莫斯科餐厅
在简陋的苍蝇小馆
我们谈起你大大的糗事时
我们在笑
我们谈起你小小的烦恼时
我们也在笑

我们，总是谈起你……

多年以后
你是否也会
与一个相对而坐的男人
谈起我们?
谈起我们时
你是在笑?
还是在哭呢?

春天的化妆盒

春光好轻薄
时时逗惹我
在水波上追逐
在镜子中招摇
我用桃红比胭红
细柳如眉梢
宫墙赤如唇
一曲清江是玉镯
几朵迎春
从乌云的发中
偷偷探出
我打开春天的化妆盒
我已盛装
等你
在初春的风中

听春风

塞北凛冽的风
一路向南
飞过三月的围城
迷了路
放慢了脚步

塞北凛冽的风
一路向南
误入院外的竹林
丢了自己
像粗砺的沙石穿过筛子
有流沙柔软细密

何人，能抵挡春天
温柔的笑颜
春暖了，花开了
回家的路近了

你

我确信
白天与黑夜
你不是同一种生物
即使清晨和下午
你也不属于同一类型

早晨
你像一只饱满的面包
从烤炉中苏醒
理想充溢肉身
让你体态轻盈
你是一棵带露的草
散发着整个春天的味道
你喝豆浆
吃全麦面包
低脂，健康

当黄昏临近
夜如睫毛低垂
你的内心蠢蠢欲动
“为什么小偷总在夜里出现？”
你打开胸膛，放出心底的罪

吃吧！
你是满足口腹之欲的土狼
你难道不是和土狼一样
热衷于食用动物的尸体吗？

爱吧！
你是情欲饱满的雄狮
你难道不是与雄狮一样
渴望纠缠于异性的臂膀？

你多欲
你放纵
你用黑夜遮掩罪恶
你的灵魂越来越轻，身体越来越沉
沉得如泥
黑潭中的泥
腐烂的泥
把日子，一层一层

涂抹在你的身上
而你，却总能像个初生的婴儿
一丝不挂地醒来
嘴角浮出纯洁的笑

大概，这就是造物主的奥秘
让一个人
在一生三万次的日夜轮回里
活着，乐此不疲

读郑愁予的诗

你低头拾起遗落的字句
轻轻投入碧蓝的湖里
无意荡起想象的涟漪
在你温润的诗里
我，自由如鱼

我谢你

我忠实于你
如同坠落的苹果
忠实于地心引力

我的电视，只有
一个频道
日夜播放你的记忆

无数人从眼前走过
陌生的如同异国的空气
而我，只耽溺于
一种熟悉的气息

于千万人之中
遇见你
于是就把
那千万人抛弃

我是一只蚕
呕心沥血
吐着“幸福”的丝
紧紧裹住自己

放手吧！
请放手！

让水自由流淌
而不东归于海
让云四处飘荡
而不畏惧于风
让升起的坠落
让坠落的高悬

让我
远离你
你的星球
十万八千里

我谢你
把“我”
还给自己！

提灯人

夜色里，提灯人
走在前面
她紧随其后
在一座花园散发着
幽香的肠道里
穿梭

“好了，就到这儿吧”
说完这句话
提灯人转身不见
留下她
孤零零站在小园的尽头
张望

又一个提灯人出现了
“跟我来”
花园的尽头

幽香如濒死的呼吸微弱
她害怕了
“来呀”，提灯人向她招手
她试着迈出脚步

这一次，咔嚓咔嚓响
她踩在一片阔叶林的心脏上
提灯人在前
她紧随其后
咔嚓，咔嚓
聆听时间的刻度

这是第 20 个提灯人
她从未看清他们的脸
就像她从未认准脚下的路
她也不知道
他们因她而来
是她的影子
是她未曾满足的念想

一个坚硬的女人来到我们身边

每一个坚硬的女人
看起来都像是一位女王

她来了，目光掠过之处
一切温暖骤降
我们的笑容结了冰
叶子像年迈的头发
扑簌簌往下掉
语言光秃秃的
和枯枝一样寂寞
又或是无话可说

一个坚硬的女人来到我们身边
和弦忽然断了
空气拉紧金属链条
我们的灵魂
无数次起身

我诅咒

时间这个东西
到底是谁发明的
我诅咒它

时间挥着刀
插入我的身体
横着，竖着，切下去
我却没有魔术师的法力
时间把我切成碎片
它谋杀我
却不让我死去
每一块伤口
用巨大的痛苦将我啃噬

时间在我奔跑的路上
立起一盏盏灯
却总在我试图经过时

亮起红色

时间用胶带缠住生活
一圈又一圈
精心地缠绕
一共 365 次
今天，它停下来
歇口气
然后……继续……

生命是活泼的泉
生命是长高的树
生命是喷薄的火
而它，撒下时间的网
将我紧紧缚住

我诅咒创造时间的人
我诅咒

微小痛苦

夜幕如此盛大
轻轻遮住城市的夺目
只为黎明的第一束光
悄悄掀起这神秘的黑布
然而
万物赤裸，光影顿无
你如蚁般，向地下潜入
在寻找面包的路上
心情忐忑

你明白
你只是隐藏在宏大背后
不为人知的
微小痛苦

飞奔在太空

你的出场很华丽
在遥远的太空
所有星球为你行注目礼
你用耀眼的红
点燃冷静的目光
再用一往无前的姿态
刺破亘古不变的理想

越来越远了
那深蓝的注视
那温柔的所在
你，来自的地方

他们说你太炫太酷
而我却莫名悲伤
沿着既定的轨道
奔向明确的死亡

孤身一人

这，不就是我的人生

注：马斯克把红色的特斯拉跑车送入太空。

听

2003年，公共浴室

湿漉漉的梦
水雾缭绕
赤身裸体的仙女
若隐若现
当出浴的雅典娜
踏着柔软的绿地毯离去
风紧紧追上她
撩开柔软的发
轻轻耳语
腼腆的女神
面红耳赤

2010年，西二环

车如流水马如龙

哗哗地流过
欲望、野心和冲动
护城河却噤了声
终被这千年的喧嚣
折磨得失聪
你可知道，
有些快乐只有沉默能给

2017 年，槐柏树街

一只小兽围着你
打转转
她仰起头，朝你笑
你摸着自己的心脏
按下那个最柔软的按钮
把四十二种笑声录下
此后一生
你将在无数次回放中
热泪盈眶

中毒

干燥的北京
不适合湿润的感情

一望无垠的平原上
我秘密携带着一包炸药
急速奔跑

需要一条河，静水深流
把我的秘密
沉入水底

需要一场雨，狂风暴雨
重重砸在头上
辨不清雨滴还是泪滴

需要整片树林
让一林子的绿叶

耐心地听我倾诉
快乐与痛苦

三月，春风不至的三月
光秃秃的三月
皱巴巴的三月
不是我心底的三月

我的心底
草长莺飞
而此地
爱，无处生长

证明

我的外婆是一位阿尔茨海默症患者
压岁钱她一年给了我两次
我的妈妈记忆越来越差
常常叫错我的名字
我大概能预测自己的未来
虽然我并非先知
我担心，往事如潮水退去
记忆不再忠实
我将如何证明
证明，你曾来此

曾有一些温润的话
轻轻吹入我的耳里
可我又怎能抓住风
抓住，你的魔法棒搅动的
千万种情绪
兔子、苹果和梨

统统被你收进帽子里

你曾躺在一张电子相片里微笑
这微笑在一次系统升级中破裂
还有什么？
还有什么可以证明你来过？

一本泛黄的书？
扉页上一行狂乱的字？
那些顿号
那些心跳的鼓点
没有名字
我如何证明？
这属于你

眼泪在新一轮日出中晒干
狂跳的心如湖面平静
天真的笑容已遁形
眼中的火焰全熄灭

雁去留痕
你来过
而我，却不能证明！

唯有溯江而上

一粒种子
不知从何处飘来的
异乡的种子
在湘江岸边
落地生根
发了嫩芽
开了桃花
结了果实

一个顽皮的小孩
不知从何处而来
摘了一个桃子
咬了一口，顺手又扔在江里
被包裹的种子
顺流而下
漂到了岸边
落地、生根、发芽……

在血脉的河里
唯有溯江而上
才能看到
桃花夹岸数里
灼灼其华

严阵以待

悲伤悄悄躲在幕后
眼泪用酒把自己灌满
恐惧坐在前排
一切严阵以待

好戏开场已久
结局却不知何时到来
想象人物倒地的刹那
他们将第一时间冲上台

而此时
主角在高歌
观众在鼓掌
编剧在微笑
导演眉头紧锁

慌张的我警告他们

不要松懈
要严阵以待!

浪费

4月，在某处，我浪费了许多绿桑
它们孤独地站在树上
望穿秋水
等着一群女子，背着懿筐
盛着欢笑
踏着幽僻的小径而来
而我，没有
没有纤纤细手
去摘柔柔女桑

4月，在某处，我浪费了许多桃花
它们被迎亲的唢呐震落
粘在新嫁娘的发上
带着一丝兴奋，一丝惆怅
去了远方
而我，没有
没有遇到一朵桃花

4 月，我也浪费了许多阳光
清晨，大地在它的手心里一寸寸苏醒
而我，在地铁隧道白炽的灯光下
昏昏欲睡
傍晚，天空任它创作一幅曼妙的水彩
而我，在手机的荧光中
发呆

我想，我不能再浪费自己了
就让我们相互阻挡吧
为对方投下比时间更长的影子
将彼此偷偷藏在好看的阴影里
背靠着背，窃窃私语

今晨，你从谁的梦中醒来

今晨，你从谁的梦中醒来
你在谁的脑海盘旋
你被封存在谁的酒里，
迟迟不被打开

你被谁想起
在清冷的夜里
你又被谁忘记
在喧嚣的市区

今夜，你在谁的梦里复活
出演一场偶然的悲喜剧
你被谁憎恶
像憎恶如影随形的蚊蝇
你又被谁驱逐
像驱逐无孔不入的空气

你是如此坚强
在时间之河的沉浮中
始终不曾湮灭
你是如此脆弱
在梦里夜里躲避
与另一个胆怯的灵魂
相遇

你是谁绵绵的想念
你是谁不忍惊扰的
缄口不言……

我关心

五岁，我关心
时间从何开始?
人类从何而来?
外星人正日夜兼程
飞往地球
他们何时到达?
又如何将我带走?
五岁，上帝吹出的泡泡
阳光下五彩斑斓
装点艰辛又无聊的人生

十五岁，我关心
南极的冰川是否融化?
臭氧的空洞何时填满?
男孩的喉结与情书
我到底更喜欢谁?
十五岁，白色的棉花糖

柔软、甜美

三十五岁，我关心
房子何时漏水?
妻子是否出轨?
孩子渐渐撑大的胃
三十五岁，一把铁核桃
不知要敲打多少回
才能把坚硬的外壳捣碎

七十五岁，我关心
隐隐作痛的膝盖
抬不起来的大腿
玻璃瓶里缓缓下沉的药水
七十五岁，一颗磨圆的石头
被上帝嫌弃，丢进河里

河床下一定还躺着
另一些冥顽不化的同类

问题

十岁的某个清晨
我从睡梦中醒来
忽然发现我的房子
百孔千疮、破败不堪

一滴雨轻松地穿透屋顶
兴奋地落入我的碗里
它的爸爸和妈妈
它的爷爷和奶奶
似乎也曾多次造访
在墙上留下黄色的足迹
窗户无法掩饰它的玻璃心
我一阵咳嗽
竟让它碎了一地
老鼠很欢愉
开地下舞会
通宵达旦，不休息

杂草如南下的蒙古铁骑
迅速占领前院
它们虎视眈眈
势如破竹向后院逼近

问题这么多
我不能坐视不理
我决定做点什么
于是我拿起放大镜
细细察看每个角落
我举起工具
把问题一一消灭

我给屋顶抹上厚厚的泥
让雨滴们淹死在沼泽地里
我给窗户打上石膏
鼓励它要有一颗坚强的心
我一遍遍粉刷墙壁
直到它患上了阿尔茨海默症
将斑黄的过往渐渐忘记
我和老鼠展开大战
直到它们全军覆灭
我将杂草连根拔起
让这些蒙古骑兵无处可去

我好开心

可是，没过多久
我却发现
一滴雨在屋顶摇摇欲坠
洁白的墙上出现了黄色的光环
地板下，又传来吱吱声
院子里，一棵蒲公英探头探脑
我好沮丧

于是，我又举起工具……
我在这里住了一辈子
我在这里修了一辈子
我的一生就像一只挂钟
在快乐的一极
与痛苦的一极
来回摇摆
直到……直到那一天的来临

我想，我有点老了
我站在院子里
举起镰刀的手忽然颤抖
脆弱的躯干忽然折断
像一只衰老的大象

一头倒地，不能动弹

杂草迅速将我掩埋
老鼠在我身体上蹿下跳
雨水毫不留情地洗刷我
我听见它们窃窃私语：
“该死，总算把这个问题解决掉了！”

注：我们似乎困在一座名叫“世界”的房子里。它用花样百出的问题消磨了我的一生，只是为了把“我”这个问题消灭。

七夕之想

想了很多次
盼了许多年
终于，不再想
不再盼
其实现在挺好的
一条银河横亘中间
隔断了往昔的幸福
也拦截了未来的不堪

两颗心熊熊燃烧时
灰烬已经慢慢显现
两片唇紧紧相贴时
恶心正悄然抵达胸前
两只手急切摸索时
目光将越过双肩

我依然还会仰望

仰望星之璀璨
而非仰望你
我依然还会惊叹
惊叹天之多变
而非惊叹你
我依然还会感动
感动生之艰难
而非感动于你

今天，七月初七
当鸟儿张开双翅
飞向银河
用孤弱之身
铺就一条抵达你的路
而我，立在一旁
踟蹰不前
这次，我想选择
不再迈步

对不起，辜负了你的日思夜盼
而我，只愿化作那颗
最亮之星
兀自燃烧
与天为伴

望西山

望不见西山啊
白幕帘垂下来
茫茫然一片

望不见西山啊
北平苍白的脸
不见眉黛

望不见西山啊
我呆立窗前
心与天一样
空空如烟

望不见西山
望不见西山……

中年人

五指山与手掌心的距离
大概就是时钟
从傍晚 6 点走到 7 点的差距
我快乐得像野鬼
在路上飘
来电一概不接
微信一律不回
如孤魂般自由自在
撕不破 24 小时的责任
于是浑浑噩噩的一日
只为这些时刻而活：
回家前在地库车里
静默的 5 分钟
意外穿过盆栽的光
在墙上婆娑
我偏一偏头
把影子丢进去

连成一道风景
呆立窗前
远望西山
不见西山
泣涕涟涟

没有窗帘的房间

天，从不羞于向你袒露他的隐秘
他爽朗的背后隐藏的阴郁
他和颜悦色的下一秒雷霆万钧
他从不向你隐瞒自己喜怒无常的个性

地，从不遮掩她的懦弱
她希望破土而出的是青草
而非健壮的钢铁巨人
旧的巨人倒下了
新的巨人又起来
她从不表达不满
她默默隐忍

我，本没有什么隐私可言
面对天地，我很坦荡
面对人类，才会卑微

小孩子

今日的北京
一片雾霾
我的世界罹患白内障
麻木苍白
幸好有你呀，小孩子

你见过滚滚乌云被撕破一个口子吗？
天光从那个口子泻下来
那就是你呀，小孩子
冲破了黑暗

无数次
身陷囹圄的我
将目光穿过厚重的玻璃
在那四角的天空上
一只风筝拖着长长的尾巴
画着优美的弧线

那就是你呀，小孩子
无目的的美好

当一万匹欲望之马
奔腾而过
碾碎我的草原
你用折叠一张彩纸的专注
拯救我于无穷的杂念
那就是你呀，小孩子
此时此刻

你名虽小，其实很大
敬畏神，害怕鬼
相信一切不可能

我名虽大，其实很小
算来，算去
终究一个“利”字脱不开

我童年的小红帽飞走了
一转眼却戴在你的头上
我把童年丢在哪里
我就将在哪里将它拾起

夜幕降临，小孩子
你依偎着我
我怀抱着我的童年
安然入眠

灭顶之灾

一只蚂蚁
背驮大米
归家的途中
遭遇灭顶之灾

黑暗吞没太阳
暴雨倾盆而下
滔天洪水中
父亲母亲
兄弟姐妹
难以逃亡
而它，跪在一片树叶上
汪洋里漂荡
不辨方向

一个女人
端着一盆水

踏出房门的时候
遭遇灭顶之灾

报信的人气喘吁吁
她的男人战死沙场
报信的人满脸通红
她的儿子临阵逃亡

一位国王
大摆筵席
年轻的皇后翩翩起舞时
遭遇灭顶之灾

皇后与王子
暗送秋波
国王的边境
狼烟伏没

调皮的丘比特
被母亲责骂
瞄准公主与王子
手一抖
错将王子与皇后
射中

王子爱上皇后
战场血流成河
惊恐的女人失手
水盆坠落
大雨倾注
蚂蚁哀哭

人呀，人！

来吧，把错误一一抛向她
来吧，把责任倾筐倒出
她是个善良的白痴
像接住自己的孩子一样
小心接住这些错误
像承受阳光一般
承受责任与孤独

你们从此轻松了
然后呢？
见她把错误真的孕育成孩子
看她把责任沤成一块肥土
然后，你们又来了
你们说，那孩子是你们的
你们说，那土地你们有份

人呀，人

她微笑着

拱手相让

看孩子在你们手中成为疯子

看土地在你们手中颗粒无收

她微笑着，叹息着

人呀，人！

通往你的路

这纵横交错
多如牛毛的路
哪一条，才是
通往你的路？

二环，三环
富家女整日开 party[①]
热闹非凡
夜晚，夺目璀璨
阔太太脖项上的珠串
然而，繁华退尽
终究是工厂里
一张传送皮带
载着我们的生活
周而复始，徒劳无返

① 聚会。

长安街
是端庄新娘与
严肃新郎
一生只走一次的路
是父母之命
媒妁之言的路
是门当户对的路
是高墙深院
侯门似海的路
我，逃之夭夭

京藏高速
从我的窗下溜过
如我的想象爬满墙面
是汗津津的夏天
一睡不起的白日梦

是槐柏树街吗?
宫女的红唇
晕染了整面墙
纤纤素手
敲响紫金寺的钟
还是提着柳叶裙，小心

登上塔顶

是那条无名巷子吗？
昏黄的路灯
比邓丽君的歌绵柔
男人在灯下
踩灭一个又一个烟头

抑或是，散步时
经过的那截黄土坡
一个骑士，驾着摩托
飞驰而过
红尘漫天
妃子笑了

告诉我，到底哪一条
才是通往你的路？

洞穴幻想曲

你不再向往做一只鸟
用翅膀对抗地心力量
暂时抵挡
你说干脆离地球更近一些
掘地三尺，做一只会打洞的鼠
又或者那些时时刻刻
把安全感驮在背上的
蜗牛
你说你欣赏蜗牛的态度
你曾倚靠古城墙瘦削的肩膀
一只蜗牛在那里安家
尽管，若开门，跨一步
它就粉身碎骨
你在水泥丛林中
也在寻找自己的洞穴
是城轨身下的一座桥
是桥最阴暗潮湿的声道

你听小河沟咕咕的水滑过
却佯装见到夫子的模样
逝者如斯乎？

昨天，你见一个男人
立在桥洞的另侧
他，竟然
在歌唱
你站在洞穴的声带上
听得如此真切
“我的祖国”，他唱
“我的祖国”，他继续唱
你将耳朵紧贴喉壁
“我——”
一列火车怒吼着从头顶飞过
夺走他的声音
“我——”
他继续努力
另一辆火车又来
继续抢走他的音乐
他沉默下来

你看见
几名人类从光明处走来

正提着生活的板斧
四处寻找
你知道，他们如列车袭来
想夺走你
躲在嘴角的音符

开会

当想象之水
在会议室漫流
一群女人悄悄脱掉
“端”“装”的衣裙
快乐地沉沦

她双腿紧闭
以不为人知的幅度
抬起又落下
在虚无的秋千上
随风摆荡
墙外行人，墙里佳人笑

她将笔帽轻滑眉梢
描摹两行眉黛
对镜贴花黄

她右手轻抚左臂
如打印纸一般白皙
抬头望月的夜
清晖玉臂寒

更多的她们打开
手机浏览器
试图推开一扇扇
镂空的中国窗
良辰美景奈何天

开会，开会
我们肉身聚在一处
灵魂早已各自纷飞

母女关系

医生剪断脐带的时候
你哭声震天
从此坠入不安的世界
我笑容满面
坚信又把自由拉回身边
然而多年以后
血红的脐带仍将我们纠缠
有时绕颈三周
有时绊住手脚
多年以后
你视我仍如眼耳手足
大脑中枢一声令下
身体器官跪拜匍匐
我很困惑
如何才能让你知道
你，只是你
而我，却是我

地下城

小城有了第一条
地下通道
我害怕防空洞幽暗
深邃的眼神
却喜欢地下通道
大胃王的荤素不挑
山城的孩子从未见过海
不懂海纳百川的味道
只晓得，地下通道
它把许多人吞进去
高的、矮的、胖的、瘦的
又将很多人吐出来
大的、小的、美的、丑的
我曾在曲折的肠道里晕头转向
还曾十分迷恋子宫的宁静安详

每日早晚，我与

2000 万的红细胞，一起
在它细密的血管里，流浪
搬运着，对未来的不实幻想

少年初心

时光倒流其实并不难
只需要一个从家乡来的人
还有几句陌生的乡音
于是黑夜中点燃一支火柴
微光照亮遗忘的角落
你的过往年久失修
你推门而入，却见：
白头少年端坐中间
蛛网缠绕书箱
捆绑所有想象
他取下挂在墙上的剑
随意挥舞
剑刃怯懦，剑法踌躇
他用手指在空中弹拨
那把断弦的古琴
却怎么也想不起琴音
你心中一惊

你明明记得，那一天
你喝酒抚琴
狠狠摔碎酒杯
疯狂拨断琴弦
用利剑刺破双胆
将琴音篆刻在心
决绝走出那里
…………

你以为，你带走了生命的少年
却不过是，把他锁在了房间

大城市

我们可以分享同一次日出
却无法分享同一阵雨
我们可以分享同一次日落
却无法分享同一阵风
我们散布在城市的角落，在巨人的脚下生活
夹在石缝的种子，倔强地突破

相遇就是随机函数
重逢的概率为零
爱情像雨，说来就来，说走就走
我们将隐私打包
拖着沉沉的皮箱四处漂流
期盼在忙碌寂寞的街头
遇见良人
遇见良人，四目相对
打开各自的箱子
交换心中的宝贝

至亲是候鸟
春天来，冬天走
我是妈妈手中断线的风筝
偶然飘过故乡的上空
亲戚们从远方飞来
带来南方的温润气候
停在我的枝头
歇一歇，又飞走

杀人现场

血迹干了
狼烟散了
云淡风轻
你投过来的匕首
长在了我心上
我射出的长箭
在你手心发芽
杀人现场
又恢复原样
我们在爱里相搏
拒绝言和

迷途

我以为这是一条抵达你的路
却不小心踏上误会的迷途
大雾蒙蒙里
我们用曲解投石问路
一步一步，却始终走不出
我用猜疑的剑刺破一块完整的云
又后悔地蘸上想象的汁液去涂抹
有时是血流不止的红
有时是故作轻松的黄
又或是灰的隐隐作痛
乌云密布
我孤独的瘦马，狂奔乱突
从不懂得，在悬崖边踯躅

蒲公英

在高耸的钢筋，和
坚固的水泥之间
有一小块荒草幸存者
4 月摇曳的阳光午后
当我们走出会场
走出一上午的陈词滥调
与夸张虚无
瞥见这一朵朵蒲公英
在风中轻轻摆动
一朵朵
像极了我们无聊的中年之躯
渴望一张张温柔的嘴
在耳畔轻轻吹拂
光天化日之下
以不可告人的方式
将我们掳走

掳走，飞向
飞向，遥远的某处

母亲，母亲

道旁的月季开了，
在夏至的5月。
一路飘着淡淡的雨，
好像母亲的心。
迎面走来的人，
每一个都是母亲的孩子。
孩子们，在5月绽放，
母亲的心有淡淡的忧伤。

悲欣交集的路上，
有人遇见爱情，
有人遇见婚姻，
有人，什么也没有遇到，
但他一定能遇见母亲。

在这飘着小雨的母亲节，
我，独自看一场电影，

独自吃一顿午饭。

今天是我的水墨画，

我想给自己，更多地留白……

我累了，让我歇歇

那时，还不懂女人的含义
却已喜欢徜徉在女人街①
遗世独立的墙
把世界一刀切开
墙内玉兰花开，书香漫溢
墙外车水马龙，光怪陆离
偶尔，我是一只被好奇心逗引的猫
翻墙而去
东门外的天桥
横亘在车流之上
一个抱小孩儿的黑脸妇女擦肩而过
“办证吗？买盘吗？”
生活才刚刚展示它的诡异
却又转身将我关在院里
吃饭、睡觉、上自习

---

① 人民大学东门外的一条小街，有各类吃食和时装小店。

中关村南大街
在与黑夜的一次约会中
我用脚步丈量过你的距离
也用心跳数过时间的飞跃

我和地坛的缘分不浅
清晨，她派来鸟儿
布谷、布谷
将我唤醒
庄重的祭祀
锁在深门厚墙中
树郁郁，如你睫毛的浓密
容我躲在树下偷听你的呼吸

在国子监的石碑上
寻找本省的状元
他们是否同我一样
也曾涂画北漂的印迹

美术馆后街 57 号
我向每一幅作品致敬
它们穿越时空，不远万里
与我相遇
我们用彼此陌生的眼光

打量着对方，从此
我未敢再踏足这禁地

三联书店
柏拉图的伊甸园
我是他的女弟子
或坐或立或卧
无拘无束
以任何自由的方式
他赠予我思想
我送还他崇敬

王府井大街 22 号
人艺首都剧场
也许生活过于单纯
才能为舞台上的悲欢离合
深深哭泣
那强烈的追光灯
照进心的最底层
看戏的两个小时
总是时间和空间的意外抽离
在反观自照中
慢慢净化自己

春天、猫儿与诗
青砖绿瓦
时间的沉积岩
誓言与谎言
在它面前不堪一击
四处溜达的猫儿
无意聆听这，一声叹息
春天还在
读诗人未走远
只是你的记忆
早已灰飞烟灭

被西二环
挣扎着
等待在白纸坊桥
南北混杂
各路神仙
从此多了一位
分不清 l 与 n 的你
那天清晨
攥着 10 元钱去买早点
看着一群膘肥体壮的大汉
吃着包子就炒肝儿
用一双外乡人的眼睛

打量着地道的老北京
好奇而有趣
也许北京人已渐渐不在北京
因我这样
不是北京人的北京人
迁徙于此
我深感歉意

清晨的槐柏树街
光与影相拥而舞
跳一支爱的圆舞曲
细密的槐树叶
洒下金色的光斑
任我用文字随意拾取
偏安一隅的古寺
传来悠远的二胡音
朝圣般来来去去的人
把一颗避世的心
悄悄埋在这里

今天，我的小船也停泊于此
我累了，让我歇歇

注：9年，搬了8次家，在北京这片大海中漂行，坐在浴缸里。中关村南大街、张志忠路北新桥、美术馆后街、白纸坊、广安门……这些地方成了抹不掉的记忆。返乡或留下，两个互不谦让的小人儿总时不时在大脑中来场激辩。人大、地坛、国子监、美术馆、三联书店、首都剧场……感谢他们让我留下，并爱上此地，成为不是北京人的“新北京”。谨以此诗，纪念那“动荡不安”的岁月，也必然将动荡不安下去。因为，变化才是唯一不变的真理。

我，何时？何处？

喧嚣时没有我，
我只在孤独处。
光亮时没有我，
我只在角落处。
圆满时没有我，
我只在失意处。
四月芳菲时没有我，
我只在大雪纷飞处。
你想起时没有我，
我只在轻轻遗忘处。

重遇

我们相对而坐
我们谈笑风生
好像我们从未相遇
你的喉结若隐若现
我的指尖已失去触觉
那件格子衬衫还在吗？
香皂的味道弥散在记忆
还记得丢弃的那把钥匙
我曾发誓要怀揣着它
来找你
那天你摆动着双臂向我走来
阳光被你遮蔽
从此我在爱的阴影里沉溺
梦里演出的 360 种重遇
没有哪一种如此诡异：
风云变幻的表情
我的心忘记呼吸

换乘大厅

你向上，我向下
你朝左，我朝右
你往里，我往外

我们在换乘大厅相遇
在门打开时轻碰手臂
将凌乱的脚步叠加在一起
毫无征兆地撞入彼此怀里

我想，除了方向
我们还能交换什么
我希望，我们真能交换什么

用我锈迹斑斑的脸
换你纯洁无瑕的面庞？
用我抱着孩子沉重的右手
换你夹着香烟惬意的左手？

用我清淡的诗集
换你红色的耳环？
我甚至想，或许我们还可以
交换一下无名指
也就名正言顺地
交换一下爱情与婚姻

拿走

拿走黄色染发剂
拿走吻的小红章
拿走海报的白牙齿
拿走封面的比基尼
拿走皮包的金色徽章
拿走牙线
拿走漱口水
拿走体脂秤
拿走环形赛道
拿走第一名高举的双手
拿走失落者低垂的眼睑
拿走左顾右盼欣羡的目光
拿走弯下的腰，拿走下跪的膝
拿走不知为何而笑的笑
拿走决定如何去哭的哭
拿走皱纹与色斑主演的惊悚片
拿走夫荣和妻贵弹奏的狂想曲

拿走填满胃的五彩缤纷
拿走充溢脑的七情六欲
拿走，把它们统统拿走
就想看看，我，还能剩点什么

乐高

他不过是个孩子，夜里推倒
亲手搭建的乐高
积木在地板上滚落
于是我从清晨醒来
双眼染上天空的白化病
瞳孔藏着 1400 万个夜空
青草从脚跟一路攀爬，占领头顶
我仰面躺着
不知来处，也不知去路
“呵，原来你在这儿”
他轻轻拣起我
把我插进一块黄色凹槽
“咔嗒”一声，于是我
有了姓名，也有了命运的
“预知后事如何，且听下回分解”

打薄

你要弄剪刀
说要把我的头帘打薄
柔软的头发，无辜坠落

2019 年，日历被我一张张撕下
你瞧，我也学会这门手艺
双脚迈开，马步蹲好
手握利刃，将日子一点点打薄

走出旋转彩门
我轻轻吹口气
刘海儿轻盈，牵着我飞
走过这么多路，原来
我也变薄了

肾血管平滑肌脂肪瘤

思来想去，还是
超出了我的想象力
血管、肌肉、脂肪
她如何能把它们
组合在一起
我唯一的猜测
是在我右腰的深处
她以极其隐秘的方式
企图另起炉灶
再造一个自己

二〇二〇的断章

每天我睁开眼起床
却闭着眼工作

生活是一只摔破的碗
拾掇碎片时却割伤手

我有很多很多匹企图
所有的企图都背道而驰

妈妈把器官遗落在体外
妈妈怀抱孩子，就是怀抱她的器官

当我拍打人类的心门
最后开门的总是魔鬼

我像厌恶便秘一样厌恶二环
它的病永远也治不好

从我窗前流过的高速公路
炽热熔岩的气泡将我烫伤

四月爱情盛开
花期实在太短

当我一想爱你
你就离我而去

我只想做自己的牧羊人
就算要宰要杀
也请让我自己动手

生活片断之一

傍晚路过吉野家
路过张亮麻辣烫
路过肯德基与麦当劳
灯光的金色蛋液从窗口流出
喔，全都开着门
我就放心了

就像下午 6 点
厨房的抽油烟机大口呼吸
爸爸喊我们的声音
涌上楼来
喔，吃饭了
我就放心了

对弈

他与她对坐，下棋
白天，他落下一粒白子
夜晚，她落下一粒黑子
他说他赢了，因为
每一个夜晚总是被黎明点燃
她说她赢了，因为
每一个白日总会被夜晚吞噬
他们觉得自己是赢家
又都觉得自己是输家

不花钱的爱

一张飞往你的机票
外加一顿轻松愉悦的晚餐
价值几何？
你可知，投入彼此怀抱的礼物
最是恼人的势利眼
而深夜发送的那些情话
耗尽了我的流量与辛苦

你以为你们的爱很纯粹
你不过是个瞎子
得靠金钱来做引子

不如现在这样
我，坐在窗前
看流云飞过
听鸟儿鸣唱
闻春天的味道

我们彼此相爱

不花一分钱

神

床有床神吧？
床神是个巨人
把梦吹进你的脑子
树有树神吧？
树神是个女孩
树叶是她的头发
她喜欢穿绿裙子
还有包包神吧？
包包神是个小偷
喜欢把东西吞进肚子
沙发有沙发神吧？
沙发神是位爸爸
靠垫是他的宝宝
他喜欢把宝宝
搂在怀里

注：和6岁女儿一起写的童诗。

累的时候

累了，
魂飞魄散，
肉身在此时，
思想在他地，
感官被攫取。
一具躯壳，
兀自行走在大地。

累了，
读读自己的诗。
有一个“自己”，
我曾小心呵护，
将她安放在诗里。
合上本子，
一个世界的纷扰，
被隔离。

累的时候，
就在自己的诗里，
找回“自己”。

工作的日子

一张纸
对折
再折
…………
共 7 次
然后，理想把平庸揉成一团，扔进焦躁的字纸篓
可是，务实却偷偷地把它捡起
展开
对折
再折
…………
共 7 次
…………
生活在 7 次中轮回
直到你变成一张发黄、泛旧、软弱无力的废纸

扔进垃圾桶，不再被捡起
所幸
我的生命从一支笔中
从晚上 8 点，开始

北京的夜

夜是少女的发
星是发的饰品
妒忌的月
狠狠扯下它们
从此，北京的夜
抬头不见星
有谁知道，那地上的流光溢彩
却是散落人间的星星

一缕杨絮

我是一缕杨絮
清风中飘舞流浪
期待捕捉你的视线
渴望亲吻你的发梢
盼着在你眼前舞蹈
最好粘住你的外套
就像攥住衣襟的孩子的手
久久不放!

怪兽与小孩儿

你是尼斯湖的怪兽
隐匿在湖心深处
几千年来不曾让人目睹
有个湖边玩耍的小孩儿
捡起一块破石头
用力地投向湖中
不想激醒了睡梦的你
大浪翻涛，湖中升起一个怪兽
你恶狠狠地对小孩儿说
你想干什么？
呆若木鸡的小孩儿支支吾吾
我只是想问问，你要不要吃我的糖果？

我想，我的钥匙丢了

我想，我的钥匙丢了
门紧闭着，还上了锁
靠着门的我号啕大哭
我想，我的钥匙丢了
我仔细回忆
一定是圣诞前的那个平安夜
一个深不可测的黑洞
我想我的钥匙就丢在那里
擦干眼泪，背起行囊，重又流浪
还是得感谢你，朋友
谢谢你的寓所让我暂居
我想，我会走下去
直到某天怀揣着那把钥匙来找你

暗涌

捡起一粒石子
用力地投向湖心
苍茫的夜里，
听不到一点声响，也看不到一点涟漪
我知道一粒小小的石子无法丈量你的心底
我知道也许湖底有无数这样的小石子
如果湖底真的暗潮涌动
是黑夜吞噬了它们？
还是你麻木了自己？

后 记

写多了文件就容易对文字无感。在文件里，文字就像一群人正襟危坐在开会；虽西装革履，却沉闷无味。我想拯救文字，更想拯救生活。

其实汉字是相当美的。这种美不仅在行云流水的形美，更有平仄声韵的音美，还有字词组合的意向美。汉字是古老却又充满想象和灵动的文字，我爱它们。

这些文字就像我的日记一样，记录下这些年来的喜怒哀乐、彷徨困惑。我的心如一方池塘，这些诗如池中的莲花，次第开放，照亮了我琐碎平庸的生活。

当我沉浸于写诗时，如同置身于整个银河中，那些闪亮的词句，如环绕四周的星星，唾手可得，令我狂喜。这时一切其他的都不重要了。我耽溺其中，懂得了“美”的含义。

在薄如尘埃的生命里，感谢与诗相遇。身外纵有艰辛磨难，我心自是朵朵花开。

半亩方塘一鉴开，天光云影共徘徊。

问渠那得清如许？为有源头活水来。

——朱　熹

朵　朵

2020 年 3 月 30 日，北京